Bouc Productions
149, rue Taché
Joliette, Québec
J6E 4A1

Ce livre est la 41e parution de Bouc Productions.

Édition : Frédéric Généreux, Tanya Millette, Guyaume Robitaille
Photographies : Maude Veilleux, © 2023
Mise en pages, graphisme : Guyaume Robitaille
Révision linguistique : Tanya Millette

Joliette, Québec
Juin 2023

Ce livre fait suite à l'événement *Joliette, résidence poétique* qui a eu lieu du 5 au 18 mai 2022. La maison d'édition remercie le CALQ et la MRC de Joliette pour le financement de la résidence, la Ville de Joliette pour oser la poésie ainsi que tous nos partenaires, participant·e·s, bénévoles et citoyen·ne·s.

Dépôt légal
Bibliothèque et Archives nationales du Québec, 2023
Bibliothèque et Archives Canada, 2023

ISBN 978-2-924614-27-3
Tous droits réservés,
© Bouc Productions, Maude Veilleux 2023

ghost
Maude Veilleux

Postface de Sébastien Sauvageau

avant-propos

J'ai écrit ce texte entre Joliette et Montréal, entre le jour et la nuit, entre l'angoisse et l'émerveillement. Dans le printemps, auprès des poètes locaux et celleux en visite pendant le festival, se sont réconciliés en moi, des mondes.

Journal de résidence; ce livre prend acte des chemins de traverse de la création. En réfléchissant à mes expériences de résidences précédentes, je me suis retrouvée devant une constante : la peur. La peur qui paralyse les gestes, éloigne le sommeil, fait surgir le paranormal.

Les lieux d'accueil de résidence (chambre d'hôtel, Airbnb, appartement de la Ville, etc.) sont des lieux de transition, non-habités, et assez souvent aseptisés, dont la trace des résident·e·s précédent·e·s se retrouve dans le fond d'huile d'olive ou le paquet de pâtes laissés derrière. Des lieux hantés par le passage des autres.

On part en résidence avec une valise, quelques vêtements, des produits de bain et une sélection de livres, puis on se met à l'ouvrage dans un lieu qui nous est jusque-là inconnu. Tout a la capacité de devenir matière; les achats au dépanneur, les égarements dans les rues, les rencontres. Pour arriver à bien travailler, il faut se rendre sensible au monde, et c'est dans cette sensibilité qu'apparaissent, pour moi, les fantômes.

ghost

En route vers Joliette, je pense aux possibilités du travail.
Juste avant la pandémie, j'étais en résidence à Québec, et
je n'ai produit qu'un striptease dans les corridors du lieu
que j'habitais.
Un striptease avec Nicole Brossard, Denise Desautels et
Georgette Leblanc.
Je dormais sur un divan et je n'avais aucun poème
seulement le doute comme compagnon de chambre

Au réveil, iels étaient tou·te·s là avec leurs oreillettes; les
travailleureuses culturel·le·s
Si j'avais parlé une autre langue, j'aurais presque pu croire
qu'iels vendaient des oranges à la bourse tant leur air était
sérieux

je ne dormais jamais
la nuit, le building glauque
corridors sans fin
non-lieu du travail
transposait les traces et les restes du vivant en objet de frayeur

Maintenant, du bus, je regarde les camions. J'imagine une
scène dans les granulats. Un camion jaune. Un Tonka et
dans la boite, moi, debout. Un bras en l'air.
La victoire.
Je ne sais pas.
Je déboulerais la pente
Me roulerais dans la garnotte
Pour me couvrir le corps de poudre de roches
Je serais grise et nue pour commencer l'écriture
Et je me coucherais dans la boite de mon pick-up
Avec le ciment de la certitude sous les paupières

je cherche le soutien de la matière
le minéral, le végétal
une langue concrète
je m'accroche au visible
mais la nuit
dans les états limitrophes de la conscience s'organisent des
interprétations confuses
des surréalités
où
le faux et le vrai ne se distinguent plus

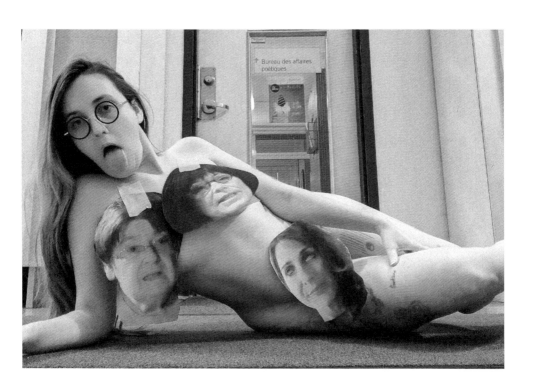

Depuis mon arrivée, je dors peu. Je me réveille souvent.
Toute la nuit, j'ai pensé à ce vers apparu en rêve
Je ne pisserai pas par peur de le perdre
Mais quelque chose me le vole quand même
c'est une main fâchée qui prend tout
depuis des semaines
depuis 2019

Je bois plus qu'à l'habitude, mais pendant les 5 à 7, je triche
Je vide mes verres dans ceux des autres
Iels ne s'en rendent pas compte
Une manière d'ancienne barmaid
Un réflexe pour vous préserver du monstre

Hier, j'ai lu une superbe strophe d'Yves Boisvert dans un
vieux numéro d'Estuaire
« Le ravissement submerge les miséreux
C'est pourquoi ceux qui sacrent leur camp ouvrent une porte
Et ceux qui la ferment ne font que s'en aller »
Il faut croire que je suis d'une autre catégorie
De celle qui ne bouge presque plus
De celle qui n'ouvre ni ne ferme rien
Tétanisée
coincée entre les fantômes du passé et ceux du futur
ghosts vs phantoms
je n'ose plus
je calcule les déplacements
me cache au moindre craquement

Recette

Un ramen kimchi
Un paquet de fromage en grains
½ canne de maïs

Cuire le ramen – Retirer un peu d'eau – Ajouter le fromage
en grains et le maïs
Manger devant une série télé – qui est probablement
votre support émotif depuis le début de votre résidence
– dans un appartement froid – où le plancher fond et se
transforme en mare de boue noire

nous allons toujours dans ce nouvel endroit
ce n'est pas un vrai endroit
mais c'est une réalité

dans les interstices de la noirceur
dans les décombres
j'ai commencé à voir réapparaitre de la matière vivante

dans nos ruines, des langages complexes continuent à
fabriquer les uns avec les autres

dans le bain
les fourmis
house of silence
j'essaie d'écrire sur les fleurs
le muguet
les lilas
je n'ai rien à dire sur les fleurs, je les regarde, elles existent
les fleurs n'ont rien à faire des mots

je détourne les yeux de mon reflet
je suis un corps
j'ai un corps
et plusieurs visages
un avec des traits suspendus, jamais libres,
dont le destin ne s'accomplira pas
au coin de l'œil :
un endroit où la vie continue mais où le temps s'est en
quelque sorte arrêté

en effet, nous créons ce que nous créons

Toutes les portes d'armoires du Airbnb restent ouvertes
Pourtant je n'y touche pas
Entre les joints des pentures
les mouvements
les spectres

Et j'ai davantage peur d'eux que des humains
parce qu'ils connaissent ce que je cache

chaque processus de déni enlève de l'énergie
et ma faiblesse est de confondre les causes et les effets

Les signes :
- les cadres croches
- l'électricité qui vacille
- les insectes
- l'humidité
- les craquements
- le froid
- les odeurs de pourriture, de terre, de soufre, etc.
- les courants d'air
- les objets perdus, puis retrouvés
- les ampoules qui sautent
- les ombres
- les réveils en sursaut

J'ai eu peur des miroirs presque toute ma vie. Ça a commencé avec Marie-Blanche qui devait y apparaitre quand on répétait son nom trois fois. L'idée de l'appeler malgré moi me tétanisait. « Marie-Blanche, Marie-Blanche, Marie-Blanche. » Les mots emplissaient ma tête. Boucle de Marie-Blanche. Pensée intrusive. Ma mère a dû enlever le miroir de ma commode parce que je ne dormais plus. Je suis restée sans miroir dans ma chambre pendant des années. Incapable de soutenir la moindre irruption de mon image, je n'allais jamais aux toilettes seule. Dans le miroir, l'identité de l'observateur inquiète. On peine à croire que nous sommes seul·e·s à voir ce que l'œil saisit. Il y a Marie-Blanche derrière qui attend qu'on l'appelle, elle est là. Elle regarde. Elle brouillera l'image de sa présence meurtrière. Mais les fantômes sont des incarnations de nos dérives profondes. Ils fictionnalisent nos névroses. Sans eux, on se retrouve face à nos récits personnels. La spectrophobie s'articule de plusieurs manières. On peut avoir peur de casser le miroir, et d'en subir les répercussions superstitieuses ou de se retrouver avec un plancher couvert d'éclats de verre. Ou bien, de ne pas y apparaitre. Ou de s'y voir transformé·e·s. L'angoisse de voir les autres qui m'habitent. Celle que j'enferme « [...] ressemble aux filles de Scramville qui vivent sur la planète d'où je viens et qui sont des poissons-gigognes de la plus petite jusqu'à la plus grande et de la plus grande jusqu'à la plus petite.

Elles sont toutes enfermées dans un ventre, l'une dans l'autre. Elles se contiennent toutes les unes les autres. Chaque ventre est enfermé dans un ventre plus grand sauf le premier. Chaque ventre contient un ventre plus petit sauf le dernier. »[1] Les yeux que je croise dans le reflet sont les miens. Retiennent-ils une autre qui m'est étrangère ? Peut-être, une bonne piste, oui, mais devant le miroir, ce qui s'actualise c'est bien moi, et la véritable terreur est celle-ci; j'existe. Et devant mon existence, je deviens faillible à la mort.

---

[1] Louky Bersianik, « L'Euguélionne »

Cette peur, je l'ai maintenant maitrisée. Mon 4 ½ compte sept miroirs : près de la porte de sortie, sur la table de la cuisine, dans le salon, sur mon bureau de travail, dans la salle de bain, dans la chambre, au bout du petit couloir. On peut aisément traverser l'appartement en soutenant son propre regard dans le reflet. J'ai adroitement déplacé ma phobie vers une pulsion scopique. En me regardant à profusion, je retiens le temps. Je maitrise la mort.

Hier soir, j'ai écrit le mot parallèle
Il me semblait étranger
comme lorsqu'on découvre le caractère inconnu d'un·e
ami·e intoxiqué·e à l'alcool ou la drogue.

Aujourd'hui, je l'ai écrit à nouveau.
Il était retourné à son état normal.

Je traverse la ville
Et même le bruit des runnings des coureureuses qui
frappent sur l'asphalte me ravit
Devant le garage rose
Je souhaite retrouver un chemin vers le travail

il faut prendre les choses très au sérieux
ce n'est pas évident de guérir du désespoir

J'aimerais avoir les cheveux blancs. J'ai pensé me tatouer des rides dans le visage. Je n'ai pas peur d'être vieille. J'ai hâte d'être vieille, comme ma grand-mère l'a été. Cependant, j'ai peur de vieillir. L'impermanence me terrorise. Je voudrais que le temps n'ait pas d'effet. Je voudrais avoir cinquante ans dès maintenant, ou soixante, ou quatre-vingts, et les garder. Naviguer dans le monde avec la même robe, la même attitude, la même posture, les mêmes veines sur les mains, décolorations cutanées, varices. Une assurance. Un corps de marbre. Grise de la tête au pied, un peu pâle, juste assez transparente. Sans âge. Immortelle, mais morte. Morte dans le sens de la disparition de l'égo, de l'anéantissement du soi. Le fantôme est-il fidèle à lui-même ? Le fantôme est-il narcissique ? L'expérience du temps se fait avec le corps. Comment vivre le temps sans corps ? Le fantôme est omniscient, mais aussi impassible. Son essence est fixe. Le fantôme a l'âge de sa mort. Il ne change pas de coupe de cheveux ou de vêtements. Parfois, il porte les chaines, accessoire mode ultime du BDSM. Le fantôme est soumis à son passé. Il vit sous le poids de sa conscience ou de son traumatisme.

Mon moi numérique est plus fiable parce qu'il se contient selon des paramètres spécifiques. Il existe. Il se compose d'une infinité de traces que les markéteureuses pourront analyser pour prévoir mes besoins. Pourtant, comme le fantôme, ce moi m'est invisible. Et, je n'y ai jamais totalement accès. J'ai plusieurs centaines de photos dans mon Google Photos. Elles sont toutes géolocalisées. Google me demande : s'agit-il de la même personne ou d'une personne différente ? Deux visages apparaissent dans des bulles. Je réponds que je suis incertaine. Suis-je la même personne ? Je suis incertaine. Assurément.

La pulsion de mort ne vise pas la destruction de l'égo, mais se fonde sur un amour total de celui-ci. La pulsion d'autoconservation est une pulsion de mort. Le narcissisme aussi. Le fantôme en est l'emblème parfait puisqu'en ne laissant jamais aller son égo, il conserve sa forme primaire, et ne s'élève jamais au-delà des considérations terrestres. J'admire la persistance du fantôme. Pourtant, je devrais la rejeter. Viser l'anéantissement.

Dans le miroir, j'avais peur de moi. Peur de n'être réduite qu'à moi. C'est ce sentiment instinctif que je devrais suivre.

Je filme mes balades
Je cherche les contrastes de couleur
Les fleurs
Le ciel
Je me surprends à regarder les bourgeons
Je pense à ce qu'écrit Moyra Davey dans Index Cards
I've broken the ice, am taking pictures again. I risk
something, but what, exactly? I am overcoming my
resistance to committing further images to the world, new
negatives to the archive
Je résiste aussi
Je dois briser la glace
dans les sentiers, des coopérations secrètes s'élaborent
entre la terre et mes souliers
entre mes mains et le bruit du barrage

j'ai teint mes cheveux en vert au début de l'année
je voulais avoir l'air d'une jeune pousse ou d'une pièce de
cuivre oxydé
quelque chose entre le dur et le mou
sur ma surface laisser pousser
accueillir
devenir l'hôte de ce qui ne serait pas un parasite
mais un compagnon

Quand je rentre au Airbnb, je marche sur la pointe des pieds
la peur de soi-même, la peur des souvenirs, des regrets

les lacunes et les fissures de la chronologie se glissent
s'insinuent, sont amplifiées

les seuls vêtements visibles se déroulent du corridor du temps
nostalgie et éternel recyclage
je fuis
je repousse
pour finir dans le document des vieilles idées

Ma grand-mère paternelle est morte en 2011. Elle croyait aux anges, aux chaman·e·s, à la guérison par la pensée, aux incantations, aux pouvoirs de la lune, à la cartomancie, aux énergies, aux vies antérieures, au divin et à l'amour. Elle reliait les événements entre eux comme une « schizo ». La place de stationnement près de la porte = la demande à l'univers réalisée. Les problèmes de plomberie = la jalousie. La chandelle verte = une rentrée d'argent. Elle m'apprenait les choses. Me partageait ses lectures. L'univers était confortable, à l'époque. Il suffisait de vouloir le bien d'autrui. Le grand calculus responsable de l'addition mathématique de nos bonnes actions nous les rendrait. Elle habitait à six maisons de chez mes parents. J'y allais toutes les semaines. J'apportais le journal. Je buvais un jus. Elle me tirait aux cartes.

Elle est morte. J'ai pleuré. Au moment de sa mort, il n'y avait pas plus d'énergie dans son corps que dans le petit bouton blanc du col de sa jaquette. Disparue, ma grand-mère. Elle a pris du temps avant de venir me voir la nuit. À ce moment, l'existence avait perdu son sens.

J'ai toujours eu peur des fantômes.
Jusqu'à ce que je réalise que j'avais peur qu'ils n'existent pas.

Je note :
lieu hanté par une nostalgie paradoxale
En parallèle, l'extérieur, la forêt, les bourgeons, le ciel

Le défi d'écrire la rencontre avec la nature.
Les mots portent en eux des affects qui nous sont
personnels.
Pour traduire une expérience sensible, le jeu du
le jeu du quoi ? Je perds le reste

J'entends les gens dans le stationnement derrière la cour
Les bars vont fermer
Il est presque trois heures
Bientôt
Je serai seule dans la vie
Seule à percevoir ce qui advient

si la texture
la matrice mystique
la mince paroi entre les dimensions
s'ouvre et laisse passer
un démon dans le parking de l'Albion
nous serons un devant l'autre
l'observatrice et le perçu
sous la lune

devant le démon
sans offrande
j'aurai un livre, une vieille bobette sale, un reste de soupe

les fourmis
marchent dans le lavabo

je prends une douche en me méfiant d'une attaque
meurtrière surnaturelle
je ne baisse jamais les yeux
je guette
le savon ne dépasse pas mes genoux
je ne baisse pas les yeux

demain, je présente une vidéo dans un garage
j'ai peur qu'il n'y ait personne

j'ai projeté une vidéo dans le bain : je m'y dénude
un aspect intime de mon travail

j'ai filmé la projection
et je la projette dans le garage
je projette la projection d'une projection
j'amène avec moi les couches

certaines pensées me sont venues à l'esprit et m'ont blessée
j'ai douté
quand je doute, je me protège
quand je me protège, je n'avance plus

ceci est la trace d'une image que vous ne verrez pas

ˇˇõ˛o˘([˛»ˇñ˛÷»øZ+Ú:πÒˇF˛◊R
ÍN>áñˇˇÒœ-_ÎÏëÇˇ∞*˛¯ø≥Úm— ø/k≥]•Y¨TÚ©?1U'-
ñËˇ◊Òˇ^aˇÙˇ?Ío≠ZÙGè+p≈˛ˇˇ‡Âì{ÏÈñ7Æ,Íˇbˇˇ-
¬˛ukØSÕÆˇFˇW˛ˊ˛€'-
:?>].¯O¶ët'"Ú¡≤˛ä˛√ÛᵀᴹÂü1˛I±fi"˛Ôgˇᵃ¯?ÎÔÜø¢á?b
…ø1
¬√ˇãˑ◊ØEˊ±Ë?ã˛q˛Xˑ?≠»≈¶~˛ŸÍ˛PÊüíõÚ[ˇ±ˊ"ˇyEˇ
°ˇ/Ûá'˛3ˑèÂ˛q1`}„¬ˇÔËø§31'ˆˇß-
Èˑ€flÚKˇU˚Ô2¥ô¶|EB'?˚‰{˛¨8©Ò/ŒXÃˇ¥˛◊Ãôˇ‹1^
÷ø%˛Àiá‡üY˛iEÔˑ[,?óÒWÊøÚü/m˛çÛóŸ˛YÎƒ˛ᵃƒfl–
ˇ≤¬òˇ≈ˇñüËê§'òÔ˚Øe"◊?ˑˇCŒüÊ◊?÷ÁÔÕˇÛˇ:,L˛µ˛
ɯkÛßñÑt=_˚øᵀᴹˇhÆˇ‰˛ûûo^Û◊üCoˇ ø∂ø^R‰˜˛O˝
¨ᵀᴹ|ÍüΩÍ4ÏˇΣõˇÚürq¥_ÃÌøôˇ%üiCÚ-
Òˇd˛ë'ᵃ&¡ío˛ó˝"a?3'˛˝„M1˛Ëo˛ôÀˑ•ˊïˑÀñAˇπˇ
ˇˊ˛7ˑüÖˊÔLˇÔˑgˇ/ÔæÛ˛_¯#Ï/?ˑˇKΔ_Ú_ã„_>ŸÆˇÇjˇ£Ωl
ˑ_ˑ{ˇ≠˛4˛%ˇRˇÛœ]˛'˛ÔÇ˛ö»_Δflu˯ü^i1ø∞X„ü*nùˇk
˛]^ˇᵃ˚Ôffl˚S~,¬F"œpèæΣ˛øRPü?äˇ[˛¯ñÈˇˑ©-
-õfi˝Ó€¶"„„È}gbÈÈH7^¥7M¯ΩÓ>"W˛Σœö ˇÑõ¢˛rˇπú
øá˚&?ÛÙøe˛®ûô
ˇÕˇóõΔˑÔˇ®ø•˛ó1GÂøq˛6Á«flf"QÚ©?£˛ˑgˇcæ˚Ø»≈˛/„
Óˑøø˛<÷ü-ˇ∞ÚœJ˛ï‡ˇ€uœƒ

il faut prendre les choses très au sérieux
au Dairy Queen
c'est une communion
pieds nus sur le trottoir
la voix traverse le corps
elle monte de l'orteil jusqu'à la langue
au loin on entend quelqu'un crier Cynthia va-t'en pas

dans le bain
les fourmis
mais partout les fourmis
et les mouches irridescentes
house of silence
dans l'attente du prochain 5 à 7
j'essaie d'écrire sur les fleurs
Now I'm into flowers
I'm into pink
You know that pink we got in the corner of the eyes
The one that is almost inside

je lis Louise Glück
étendue sur le cuir froid du divan
My story begins very simply : I could speak and I was happy.
je pouvais parler et j'étais heureuse
avant d'arriver je ne me sentais plus poète
maintenant c'est un peu mieux

maintenant j'aime les couleurs
je m'enfonce dans le buisson
sous le sumac vénéneux
festival de brulures
je délecte chaque seconde
car le retour au calme n'apporte que le calme

je parle de ce qui entre en moi
de ce que ma peau touche
rien n'est jamais assez propre pour celleux qui ont peur de
ce qui les incorpore
alors ici la règle est le sale
car moi je veux devenir le monde comme une chaise à la
renverse au bord de la rivière l'Assomption
un plastique fondu grugé par le soleil

maintenant j'aime les couleurs
now I see color
you and I are in the same place

now i'm into flowers
i'm into pink
you know that pink we got in the corner of the eyes

j'ai coincé une guêpe entre les deux épaisseurs de fenêtre
dans la cuisine
elle mourra et ce sera de ma faute

sa survie dépend de mon bon vouloir
et je la laisse mourir car
à moi aussi on dit que je fais peur

tu es figé·e et tu te sens un peu effrayant·e
mais nos pensées sont familières

le mort saisit le vif
on entend
lactose-intolerant ghost
puis
une chanson
écrite pour nous
seulement nous
je te la chante
je te berce vers ta fin
ma guêpe à moi
je te vois mourir et je m'en délecte

Je suis debout devant la cuisinière. Je me fais du pop-corn dans un chaudron. Je vois la fumée. Il brule. Je n'interviens pas. Le pop-corn brule, je le sais et ne le sais pas à la fois. Je me questionne sur la manière de restituer un état contradictoire de présence et d'absence à soi. Comment faire advenir cet état dans le texte ? Si je me remémore c'est que j'ai conscience. Comment se remémorer l'inconscient d'un moment ? Le roman est l'outil de la conscience. La poésie est déjà plus près de l'inconscient. La performance, la danse encore plus. Que savons-nous de nos récits personnels ? Seulement ce que le corps nous permet de mettre en scène.

à la friperie, j'achète une chemise de travail noire
je coupe les manches, m'en fait une robe
je la porte tous les jours en imaginant le travailleur laissé
sans chemise

je la porte pour ma lecture sur la Place Bourget
je la porte pour aller me tremper les pieds dans la rivière

à Montréal je la porte dans un rave
je la porte dans un party chez des gens riches
je la porte au MAC pour une performance

ma chemise noire : mon costume pour l'au-delà

Je rentre à la maison à pied
Un lampadaire s'éteint à mon passage

la nuit est un moment idéal pour obséder sur les avenirs perdus

tes yeux ressemblent aux miens
sinistres
les événements résonnent dans l'esprit et deviennent des illusions

dans l'embrasure de la porte de la chambre
ta silhouette
ou peut-être un échec mémorable

tu te composes de fragments et de citations
lure in the dark
tu souffles au creux de l'oreille : je suis juste derrière toi

il y a un ognon dans mon ombre
il regarde
je le sais de plus en plus
il est la somme

partout je cherche des indices dans
mes habitudes mentales
mes chemins et mes pièges
mon désir de violence

mon moi intérieur en pleine expansion
un bon signe, je présume

je lave mes vêtements dans le lavabo
la laveuse est dans l'escalier qui descend à la cave
tout ce qui m'empêche d'y aller : la noirceur, l'enfance, la
mort, l'éternel, le soi hors de soi, le corps, l'intérieur de ma
tête, etc.

et j'accroche mes vêtements partout dans la chambre
tout sèche dans la lueur tamisée des lampes posées au sol
ce qui éclaire rend les choses visibles
et j'attends que le soleil se lève

dans la clarté du jour, je dors
dans la clarté des mots, je me repose

les monstres mentaux ont des stratégies efficaces
ils arrivent à se dissimuler
la lumière m'a souvent servi d'arme contre eux
l'écriture aussi

postface

Il faut qu'avec mon corps se réveillent les corps associés, « les autres », qui ne sont pas mes congénères, [...], mais qui me hantent, que je hante, avec qui je hante un seul Être actuel, présent, comme jamais animal n'a hanté ceux de son espèce, son territoire ou son milieu.

-Maurice Merleau-Ponty, *L'Œil et l'Esprit*

Les visages de Joliette sont là et n'y seront jamais tout à fait, *traits suspendus*, traces invisibles qui flottent sur les mots d'un livre qui, s'il donnait toute son essence à la matière, serait fait de papier calque. Sur ce livre chaque page exprimerait par son degré d'opacité une question et, par sa densité, un possible. Cette version spectrale est la version de *ghost* qui se meut derrière le miroir, celle qui a *la persistance du fantôme*.

Méditation sur les lieux inhabités et les sensations qu'ils mettent en action dans le corps-esprit, les mots de Maude Veilleux interrogent sans relâche le visible et l'invisible, la présence et l'absence au monde, ils cherchent le mouvement juste à trouver pour faire le prochain pas aujourd'hui.

Questionnant notre rapport au trauma, à la névrose, aux multiples soi qui nous habitent, Veilleux témoigne à l'échelle de moments, du plus banal au quasi-mystique, des possibles ouvertures qu'apporte l'observation des pensées et des gestes qui, de l'inconscient, surgissent. Ses textes nous rendent sensible à la projection des spectres qui s'agitent devant nos regards et finissent par façonner notre réalité. *Et j'ai davantage peur d'eux que des humains parce qu'ils connaissent ce que je cache.* Comment vivre avec ce corps qui vieillit ? Est-il possible de se fixer comme un fantôme pour mieux *[retenir] le temps, [maitriser] la mort* ?

Mais les fantômes sont des incarnations de nos dérives profondes. Ils fictionnalisent nos névroses. Sans eux, on se retrouve face à nos récits personnels. À même les enjeux individuels se découvre une trame sociale. Car, *ghost*, s'il s'inscrit certainement dans l'après-pandémie et l'étrangeté du retour vers le partage des lieux publics, s'inscrit aussi en pleine phase avec un temps plus vaste, un certain *zeitgeist* du tournant du millénaire, accélération du temps, recherche d'une éthique et d'une ontologie de la vie numérique, désenchantement du monde et recherche de mythes, sinon de repères spirituels qui rendraient notre rapport au cosmos plus harmonieux.

Si *ghost* est un parcours à travers Joliette et celleux qui la font, il l'est aussi à travers les méandres d'une écrivaine qui cherchant *le soutien de la matière le minéral, le végétal une langue concrète [s']accroche au visible.* Une brèche se crée au fil des pages et permet d'ouvrir peu à peu la perception d'abord saturée d'angoisses. L'autre, le dehors renvoient des signes et, *si les fleurs n'ont rien à faire des mots,* Maude Veilleux cherche tout de même à se rendre disponible, à voir au-delà. Une nouvelle perception émerge et relie, *now I see color you and I are in the same place.*

Briser la glace, oser archiver à nouveau, interroger le fantôme, l'image fixe qui retient tout du passé. Et, au fil de l'expérience de la résidence, ce qu'elle apporte de rencontres, de doutes, de création, de se trouver un peu plus poète parce qu'on s'est rendu présent à l'expérience d'être-au-monde, sortir (ou à tout le moins faire un pas de côté) de l'impasse de la définition du soi par une certaine reliance[2], *sur ma surface laisser pousser accueillir devenir l'hôte.* Jusqu'à cette étonnante posture à méditer : loin du romantisme hippie, un contact brut avec la chair du monde qui mène à un devenir-monde même dans ses aspects les plus hideux.

je parle de ce qui entre en moi
de ce que ma peau touche
rien n'est jamais assez propre pour celleux qui ont peur de
ce qui les incorpore
alors ici la règle est le sale
car moi je veux devenir le monde comme une chaise à la
renverse au bord de la rivière l'Assomption
un plastique fondu grugé par le soleil

—

Joliette, résidence poétique est né du désir de créer des rencontres et de faire vibrer la poésie dans notre ville. Nous voulions créer une rencontre entre un·e poète résident·e, un lieu : Joliette, un temps : deux semaines et, enfin, une communauté : public qui vient assister aux nombreuses lectures, tables rondes, spectacles qui font de JRP un rare alliage de festival et de résidence de création.

La communauté (*Cynthia va-t'en pas*) et le territoire joliettain sont au centre et en périphérie de tout ce que

---

[2] Reliance : couplage dynamique intrinsèque de tout être vivant et de son milieu, ainsi que son résultat signifiant, voir Isabelle Miron, « L'état nomade », L'instant même, 2021, p.12 et p.53.

fait l'écrivain·e en résidence. Il est beau de voir, une fois de plus, puisque *ghost* fait suite au recueil *Tendresse tactique* (2019) du premier poète résident Jonathan Lamy, émerger au fil des lectures les traces de ces rencontres. Pour celleux qui y étaient, la lecture de ces deux recueils nous ramène immanquablement à une lecture sur la Place Bourget sous les premiers vrais rayons de printemps, à une table entourée d'ami·e·s dans un 5 à 7 à l'Albion, à la sortie d'un show à la Mitaine et dans tant d'autres lieux où les mots nous ont percuté·e·s, fait rire, ému·e·s.

Ghost résonne longtemps après sa lecture. Avec une honnêteté admirable, jamais racoleuse, un regard neuf, renouvelé parce que conscient de lui-même, une langue brute et libre et des pointes d'humour savoureuses, Maude Veilleux signe un recueil qui nous faire dire après avoir lu *avant d'arriver je ne me sentais plus poète maintenant c'est un peu mieux* :

« Ce un peu, c'est beaucoup. »

Merci Maude.

Sébastien Sauvageau
Sainte-Béatrix, 12 mai 2023

de la même autrice

Poésie

Wet Métal
Éditions 8888, 2020

Une sorte de lumière spéciale
Éditions de l'Écrou, 2019

Last call les murènes
Éditions de l'Écrou, 2016

Les choses de l'amour à marde
Éditions de l'Écrou, 2013

Roman

frankie et alex – black lake – super now
www.maudeveilleux.com, 2018

Prague
Hamac, 2016

Le vertige des insectes
Hamac, 2014

Deuxième tirage
Achevé d'imprimer en novembre 2023
chez Katasoho
Montréal, Québec